AF311474

L'AMI DU MARI,

OU

LA BAGUE.

IMPRIMERIE DE Mad. JEUNEHOMME-CRÉMIÈRE.

L'AMI DU MARI,

OU

LA BAGUE,

COMÉDIE EN UN ACTE ET EN VERS;

Par M. ALPHONSE DENIS.

Représentée au second Théâtre-Français, le 12 mars 1822.

PRIX : 1 FR. 50 CENT.

PARIS,

Chez
{
Mad. HUET, rue de Rohan, n° 21 ;
POLLET, rue Saint-Avoye ;
LADVOCAT, Palais-Royal ;
CORNEILLE, rue de la Feuillade, n° 4 ;
}

1822.

PERSONNAGES.	ACTEURS.
ALFRED D'ORFEUIL.	M. PROVOST.
EVELINA D'ORFEUIL, sa femme.	Mlle DUTERTRE.
FLORVILLE, ami d'Alfred.	M. DAVID.
ROSINE, femme de chambre d'Evelina.	Mlle DELATRE.

La scène se passe dans le salon de madame d'Orfeuil.

L'AMI DU MARI,

OU

LA BAGUE,

SCÈNE PREMIÈRE.

ALFRED (*seul.*)

Florville ne vient pas... son absence me gêne...
Liés depuis six mois, je la supporte à peine.
Nous nous sommes aimés dès le premier moment :
Il a mis avec moi le même empressement
Qu'un amant ferait voir auprès d'une maîtresse :
Visites, soins, égards, grâce, délicatesse.
C'est un homme charmant ; et je sens qu'aujourd'hui
Je n'ai plus le pouvoir de me passer de lui.
Que je lui sais bon gré du motif qui l'amène !
Plus souvent qu'il ne veut dans le monde on l'entraîne :
Il sait se faire à tout. Un jour, si ses talens
S'exercent sur la mode et ses ajustemens,
Dès demain, se pliant aux mœurs comme aux visages,
Il saura nous montrer la gravité des sages ;
Parler de la science avec tous nos savans ;
Aura l'air d'ignorer avec les ignorans.
Du monde qui l'observe il n'est jamais la dupe.
Et son esprit profond sans cesse ne s'occupe

Qu'à parer ses dehors, à varier ses jeux :
Chacun le trouve aimable, et lui se trouve heureux.
Ah ! Florville, c'est vous. Dans mon impatience
J'accusais votre cœur.

SCÈNE DEUXIÈME.

FLORVILLE, ALFRED.

FLORVILLE.

C'était me faire offense,
Car je songeais à vous. Mon cher, j'avais promis
De vous faire trouver avec quelques amis :
J'accours vous consulter sur cette grande affaire :
De grâce, dites-moi ce qu'il me faudra faire ?

ALFRED.

Il s'agit....

FLORVILLE.

D'un dîner : je me charge des frais.
Décidez entre Riche et le Café français.
Je suis d'un embarras....

ALFRED.

Voici ce que j'en pense :
Vous en rapportez-vous à mon expérience ?
Nous dînerons chez vous ; là, des soins bienveillans
Écarteront d'abord d'indiscrets surveillans.
La gaîté, sans façon, assise à votre table,
Préside en souveraine à ce banquet aimable.

Le vin est sans mélange, et l'esprit sans apprêts
Du sel de ses bons mots assaisonne les mets :
On plaisante, on s'échauffe, et l'on jette à la ronde
Un regard à la brune, un soupir à la blonde ;
On eut soin d'éloigner cette prude beauté
Qui s'alarme d'un mot en sa fragilité.
Là, point de temps perdu, point de sottesgrimaces ;
Cent plaisirs à la fois accourent sur nos traces.
L'étiquette est bannie au dîner d'un garçon ;
Chaque femme est chez lui maîtresse de maison.

FLORVILLE.

Je suis de votre avis ; mais il pourrait se faire
Que madame d'Orfeuil vît d'un œil plus sévère
Des plaisirs qui, je crois, seraient peu dans ses goûts :
Elle m'accusera des torts de son époux ;
Déjà je lui déplais.

ALFRED.

Non ; je puis vous répondre
Du contraire.

FLORVILLE.

En un mot je pourrais vous confondre.
Une femme, il est vrai, doit se faire chercher ;
Mais toujours à mes yeux prétendre se cacher,
C'est marquer....

ALFRED.

Non, vous dis-je.

FLORVILLE.

Ah ! j'en crois l'apparence ;

Elle me fait long-temps désirer sa présence,
Et ce ton avec moi, trop fait pour m'alarmer,
Je vous l'avoue, Alfred, permet de présumer
Que madame d'Orfeuil, jeune, aimable, jolie,
Craint ou mon caractère, ou votre jalousie.
Eh quoi! vous vous taisez !

ALFRED.

Ah! n'allez pas penser
Que je veuille à ce point moi-même l'offenser.
Le soupçon est plaisant.

FLORVILLE.

Allons, soyez sincère :
Oui, vous êtes jaloux.

ALFRED.

Qui, moi? tout au contraire ;
Et ne m'accusez pas d'un semblable travers ;
Donnez-nous des momens qui me sont toujours chers ;
Mon intérêt le veut, l'amitié le désire :
A ma femme j'ai dit tout ce qu'il fallait dire.
Mais, je vous le déclare avec quelque regret,
Mes discours pourront bien avoir très-peu d'effet.
Peut-être qu'en prenant un jour plus favorable
Je pourrai sur ce point la rendre plus traitable ;
Que, faisant plus de cas des jugemens d'autrui,
Elle recevra mieux l'ami de son mari.

FLORVILLE.

L'ami de son mari!... Cette charmante idée
Remplit d'un doux espoir mon âme intimidée.

Oui, des époux prudens, croyez-moi, savent bien
Que dans une maison c'est l'ange gardien.

ALFRED.

A chaque instant du jour son amitié sincère
A tous deux à la fois le rendent nécessaire.

FLORVILLE.

Il garde exactement cette neutralité
Que réclame de lui la sévère équité,
Rend le calme aux esprits ou maintient l'harmonie.

ALFRED.

Il rompt le tête-à-tête et sa monotonie ;
Quand madame a des torts.

FLORVILLE.

            Il blâme sans aigreur,
Et connaît le remède à ses jours de langueur.
Il provoque à propos ou les ris, ou les larmes,
Et de la jalousie écarte les alarmes..
On n'entreprendra rien sans l'avoir consulté ;
Du boudoir au salon il conduit la gaîté :
A la table de jeu souvent on le réclame :
Il sait faire arriver la mordante épigramme.
On cause plus souvent au lieu de babiller ;
Madame lui sait gré de l'avoir fait briller ;
De donner du ressort à son esprit timide.
A ses moindres discours, si la grâce préside,
Si madame est aimable au jour qu'elle reçoit,
Le fait n'est pas douteux, c'est à lui qu'on le doit.
Chaque soir son mari la trouve plus parfaite ;

C'est que de la journée on rentra satisfaite.
Qui fit ce changement?

ALFRED.

Moi, je tiens le pari
Que chacun s'écriera : C'est l'ami du mari !

FLORVILLE.

Je n'exagère point.

ALFRED.

C'est tout-à-fait nature.

FLORVILLE.

Et si vous permettez d'achever la peinture,
J'ajouterai....

ALFRED.

Quoi donc ! Ce n'est pas encore tout ?

FLORVILLE.

S'il faut vaincre un caprice, ou satisfaire un goût,
Lui seul a le talent d'aplanir les obstacles.

ALFRED.

Une femme en a tant, robes, bijoux, spectacles,
Bals.

FLORVILLE.

Vous en conviendrez : son esprit attrayant
Sait lui faire goûter la raison en riant,
La raison, dont avant l'on redoutait les armes ;
Son entretien secret, pour elle a tant de charmes,
Qu'il se fait pardonner son assiduité.
Le pouvoir d'un ami doit être illimité ;

Mais il faut, j'en conviens, un homme raisonnable.
La tâche est difficile , elle en est plus louable.
On prodigue les soins, les respects complaisans,
Et ces attentions, ces petits riens touchans
Qui font la confiance , et flattent d'ordinaire
Un sexe faible auquel , avant tout , il faut plaire.

ALFRED.

L'ami dont il s'agit....

FLORVILLE.

Arrête là ses vœux;
Or, auprès d'une femme il est peu dangereux.
Des secrets de son cœur, simple dépositaire,
A toute heure il la voit sans éclat, sans mystère ;
Et son honneur , ainsi, se conserve à l'abri ;
Car chacun sait qu'il n'est que l'ami du mari.

ALFRED.

Ah ! n'allez pas si vite...., il n'est pas impossible....
A tant de procédés si l'on était sensible....
Si.... je sais mieux qu'un autre, à n'en pouvoir douter,
Qu'il est certains amis que l'on doit redouter.
Rappelez-vous Dorval, et sa charmante femme.

FLORVILLE.

Eh bien !

ALFRED.

L'on disait....

FLORVILLE.

Quoi !

ALFRED.

Rien.

FLORVILLE.

Vrai !

ALFRED.

Sur mon âme;
Et certes j'étais loin d'une telle noirceur :
Le cher Dorval, long-temps l'a gardé sur le cœur.

FLORVILLE.

Vous ne me dites rien de la jeune baronne.
Vos soins sont assidus.

ALFLED.

Elle est cent fois trop bonne.

FLORVILLE.

C'est que de sa conquête elle sent tout le prix.

ALFRED.

Ah ah ! Florville, aussi l'on vous en dit épris.

FLORVILLE.

Elle me traite mal...; mais je me fais attendre.
Je vais donner un ordre, et reviens vous reprendre.

(*Il sort.*)

SCÈNE TROISIÈME.

ALFRED (*seul.*)

Ma femme, il est bien vrai, le traite froidement;
Elle l'évite même, et c'est sans fondement.

Pour moi, j'ai toujours vu qu'il cherchait à lui plaire :
Craindrait-elle en effet mon jaloux caractère ?
Evelina toujours se conduit de façon,
Qu'elle est, qu'elle doit être à l'abri du soupçon ;
Et ce n'est pas peu dire : on sait qu'en cette ville
Le jugement est prompt et la langue facile.
Pourtant, je l'avouerai, je sens quelque regret ;
Plus d'une fois mon cœur se reproche en secret
De délaisser ma femme.... Ah ! l'autre est si piquante !
Malgré moi la baronne et m'attire et m'enchante :
Près d'elle je renais, je retrouve mon cœur ;
Elle a l'art de me faire espérer le bonheur :
Peut-être elle me trompe ; et telle est mon ivresse,
Que, tout en la blâmant, je chéris ma faiblesse.
Mais pour Evelina...., je l'estime pourtant :
Je songe avec plaisir que je fus son amant ;
Qu'elle eut tout pour régner à jamais sur mon âme ;
Je ne lui vois qu'un tort, et.... c'est qu'elle est ma femme.
Par le droit d'être heureux on en perd le désir,
Et ce mot posséder étouffe le plaisir.
Je ne lui trouve plus ce qu'il faut pour séduire,
Mais vingt défauts pour un... : je compte l'en instruire.
Certes je lui dirai, sans nul déguisement,
Qu'une femme.... a grand tort d'agir trop sensément ;
Pour elle j'en rougis.... Quelle sotte manie
De vouloir tristement s'enterrer pour la vie ?
Mes enfans, me dit-elle.... Eh ! manque-t-il de gens
Pour garder, amuser, instruire nos enfans ?
Et toujours ses enfans !.... Oui, c'est là sa faiblesse ;
Puis elle fait venir maîtres de toute espèce ;
Elle-même elle apprend pour leur montrer plus tard.

On bâille chez ma femme.... on s'amuse autre part :
Et plus je réfléchis, plus je vois.... que peut-être....
Le tort n'est pas si grand qu'il m'avait paru l'être ;
Mais voyez les effets de la contagion :
Je voulais plaisanter et je parle raison.
Ah ! je ne reviens pas d'un semblable vertige ;
Je me sauve.... Quelqu'un vers ces lieux se dirige.

SCÈNE QUATRIÈME.

ALFRED, ROSINE.

ROSINE.

Un mot, monsieur.

ALFRED.

Je sors pour le moment.

ROSINE.

Tout beau :
L'empressement est rare et d'un goût bien nouveau :
Deux grands jours sans vous voir... ; mais, de grâce il importe,
Savez-vous si madame est ou vivante ou morte ?

ALFRED.

Je la verrai plus tard.

ROSINE.

Ferez-vous cet effort
De vous-même, monsieur, sans qu'on vous sollicite
D'accorder à madame au moins une visite ?

ALFRED.

Est-il jour chez ma femme ?

ROSINE.

Oui ; voulez-vous entrer ?
Ou bien l'attendre ?

ALFRED.

Un jour je veux lui démontrer
Qu'elle ne devrait pas s'alarmer sur mon compte ;
Qu'à prendre des soucis sa tendresse est trop prompte ;
Je suis un des meilleurs maris.

ROSINE.

J'en suis d'accord ;
Mais la comparaison pourrait vous faire tort.

ALFRED.

Rosine , pour l'instant je n'ai rien à lui dire ;
Fais-lui mes complimens.

ROSINE.

Par ma foi, je l'admire.
Monsieur, voici madame.

ALFRED.

Adieu !

ROSINE

Je vous retiens.

ALFRED.

Impossible.

ROSINE.

Il le faut.

ALFRED.

Sur l'heure je reviens.

ROSINE.

Un objet important...

ALFRED.

Que je ne puis entendre.

ROSINE.

Madame veut vous voir.

ALFRED.

Eh bien ! dis-lui d'attendre.
                    (*Il sort.*)

ROSINE.

Les maris... les maris !... je croyais que soudain
Il reviendrait à nous... tel n'est pas son dessein.
A sa femme on ne doit que de l'indifférence !
Heureusement pour nous Dieu créa la vengeance.

SCÈNE CINQUIÈME.

EVELINA, ROSINE.

EVELINA.

A quelle heure est rentré monsieur ?

ROSINE.

                              Mais, cette nuit,
Je crois.

EVELINA.

Assure-t'en : un doute me poursuit...
Je ne sais, mais j'éprouve une secrète peine
Qui n'est peut-être au fond que frivole et que vaine...
Oui, malgré moi, je crois à ces pressentimens
Qu'on voudrait étouffer dans de certains momens;
Qu'on évite partout, qu'on retrouve sans cesse.
Flambeaux de notre cœur, au milieu de l'ivresse,
Sur les droits de l'amour ils portent leur clarté
Et conduisent du doute à la réalité.
Ici-bas chacun porte avec soi sa marotte;
C'est la mienne.

ROSINE.

Madame, ou je suis une sotte,
Ou je saurai vous dire, avant qu'il soit long-temps,
Auprès de qui monsieur passe tous ses instans.

EVELINA.

Je ne le sais que trop.

ROSINE.

Un grain de jalousie
Cause un terrible orage au ciel de notre vie.
Nous en sommes la dupe, et voilà notre tort;
Car, au lieu d'accuser la cruauté du sort,
Nous en devrions rire ; et, loin de faire grâce,
Il faudrait... mais que dis-je ? il faut suivre la trace
Que prescrit la sagesse, écouter le devoir,
Essuyer mille affronts, tout entendre, tout voir,
Et sans nous plaindre encor.

EVELINA.

Ah! l'amour vrai, Rosine,
Nous cause des tourmens plus qu'on ne l'imagine.
Souvent un vain fantôme, un songe lui fait peur.
Cherchant la vérité, l'on caresse l'erreur;
Et le mal n'est souvent qu'un mal imaginaire.

ROSINE.

En amour la prudence est pourtant nécessaire;
Et, croyez-moi, madame, il est bon quelquefois
De se tenir en garde et d'user de ses droits.
Vous savez qu'à présent c'est la manie en France
De tout faire assurer : pourquoi cette assurance
Ne s'étend-elle pas jusque sur nos maris?

EVELINA.

La chose me paraît difficile à Paris.

ROSINE.

Je ne plaisante pas.

EVELINA.

Ce serait sans surprise
Que l'on verrait bientôt s'écrouler l'entreprise;
Et des fonds établis sur la fidélité
Seraient une ruine.

ROSINE.

A l'ombre du traité
L'on dormirait tranquille et sans inquiétude;
On les ramènerait au moins.

EVELINA.

J'ai certitude
D'obtenir en ce jour quelques renseignemens
Qui doivent augmenter ou finir mes tourmens.
Je fais à mon repos un cruel sacrifice ;
Mais, avant tout, de toi j'attends un grand service.
Rosine, dis-moi vrai, parle-moi sans détour :
Peut-être n'ai-je plus de droits à son amour ?
Vraiment, depuis trois mois je me trouve enlaidie
A faire peur.

ROSINE.

Bon dieu ! quelle autre maladie
Vous tient et vous domine ? Eh quoi ! votre miroir
Ne vous donne-t-il pas, du matin jusqu'au soir,
Vingt démentis formels ?

EVELINA.

Quelquefois on me flatte.

ROSINE.

Moi, madame, jamais. Dans mon discours éclate
Toujours la vérité.

EVELINA.

J'aime assez tes avis,
Et connais ta franchise.

ROSINE.

On doit être surpris
De vous voir à présent négliger votre gloire,
Quand un mot suffirait.

EVELINA.

Ah! si j'osais te croire!...

ROSINE.

Essayez donc au moins de le rendre jaloux.
Cet ami de monsieur qui, soit dit entre nous,
Vous lorgne d'assez près, et voit qu'on vous délaisse,
Devient plus assidu; sur vos pas il s'empresse;
Il veut qu'on le remarque; et même j'entrevois
Que j'en pourrai savoir plus long une autre fois.
Il cherche à me parler.

EVELINA.

J'en devine la cause.

Il s'amuse.

ROSINE.

Qu'importe? il vous sert.

EVELINA.

Je m'oppose....

ROSINE.

Vous pouvez triompher, vous ne le voulez pas.

EVELINA.

Qui moi? je ferais tout....

ROSINE.

A vos touchans appas
Qui pourrait résister, si d'un peu de parure
Vous permettiez à l'art d'embellir la nature?

EVELINA.

Que veux-tu que je fasse ?

ROSINE.

Ah ! laissez-moi du moins ;
Laissez-moi m'occuper de ces frivoles soins ;
Car, madame, depuis que votre âme inquiète
Vous a fait dédaigner jusqu'à votre toilette,
D'une mode nouvelle il paraît un bonnet
Charmant, délicieux ; mais, à vous parler net,
Il faut, pour le porter, la physionomie....
Que vous dirai-je, enfin ? il faut être jolie ;
Et je suis sûre, oh ! oui, qu'il irait à ravir
A madame.

EVELINA.

Je vois où tu veux en venir.

ROSINE.

La beauté plaît aux yeux, et va plus loin, madame ;
Car, des yeux éblouis elle se glisse à l'âme,
L'attaque, la remue ; et c'est dans ce moment
Qu'on ressent tout le prix d'un galant vêtement.
Un art bien naturel, dans ce piquant désordre,
Vient à notre secours ; il n'en faut pas démordre :
De la coquetterie, allez, suivez les lois.
Dois-je vous rappeler tous ses jolis exploits ?
La caressante main qu'on cherche ou qu'on évite,
Et ces grandes fureurs qui s'appaisent si vite ?...
Essayez-en, madame, et ce soir votre époux,
Plein d'un nouvel amour, retombe à vos genoux.

EVELINA.

A suivre un tel avis, Rosine, je balance.

ROSINE.

Et cela tient sans doute à cette défiance
Dont vous avez besoin de bien vous corriger.
Qu'est-ce donc après tout? peu de chose à changer.
Vous paraissez timide : eh! prenez du courage.
S'il est nouveau pour vous, essayez ce langage
Avec moi : commençons.... Mais, que dis-je? avant tout
Il faut vous habiller.... vous n'êtes pas au bout,
Et je veux vous coiffer.... mais.... à ma fantaisie.
Ah! que votre rivale aurait de jalousie,
Si ses yeux étonnés vous voyaient aujourd'hui!
Mettez-vous ce chapeau?

EVELINA.

Non; donne-moi celui....

ROSINE.

Qui plaisait à monsieur?

EVELINA.

Ainsi donc il te semble
Que la baronne et moi pouvons marcher ensemble;
Que ces légers attraits que j'ai crus affaiblis
Pourraient à quelques yeux avoir encor du prix :
Qu'en dis-tu?

ROSINE.

Quoi! vous vous comparez la baronne?

EVELINA.

Elle est fraîche et jolie.

ROSINE.

Ah! vous êtes trop bonne :
Elle est fraîche!...

EVELINA.

Sans doute.

ROSINE.

Elle a près de vingt ans :
Vous avez un peu plus... eh bien! sans complimens,
On pourrait assurer....

EVELINA.

Quoi?

ROSINE.

Qu'elle est votre aînée.

EVELINA.

On me l'a déjà dit.

ROSINE.

Je n'en suis étonnée.
De ce fichu montant vous servez-vous encor?

EVELINA.

Non : tu peux l'envoyer augmenter ton trésor.
As-tu jamais pris garde aux yeux de la baronne ?

ROSINE.

Ils sont d'une couleur qui ne plaît à personne;

Et puis, d'ailleurs, si grands !....

EVELINA.

Ce n'est pas un défaut.

ROSINE.

Ce ne sont point des yeux de femme comme il faut.

EVELINA.

Sa taille est svelte.

ROSINE.

Mais sans la moindre tournure.

EVELINA.

J'y regarderai mieux. Tiens, cette garniture
Est pour toi.

ROSINE.

Quand je vois à tous leur engoument,
Je ne peux revenir de mon étonnement.
Enfin on la dit sotte.

EVELINA.

Il est vrai qu'elle assomme.
Il me semble pourtant que moi, si j'étais homme,
Je la détesterais.

ROSINE.

Moi, je la....

EVELINA (*se retournant et apercevant son mari.*)

Chut ! d'Orfeuil !
Le cruel vient ici pour jouir de mon deuil.

Laisse-nous, mon enfant; et, sans qu'on te soupçonne,
Sache de son cocher s'il va....

ROSINE.

Chez la baronne!

Fiez-vous à mon zèle.
    (*Elle sort.*)

SCÈNE SIXIÈME.
ALFRED, EVELINA.

ALFRED.

Enfin je puis vous voir,

Ma chère Evelina; d'un importun devoir
Je suis débarrassé.

EVELINA.

Ce souvenir m'enchante.

ALFRED.

J'apprends au même instant que vous êtes souffrante
Depuis deux jours, dit-on.

EVELINA.

C'est un léger malheur.

ALFRED.

Mais, comment donc? il faut appeler le docteur.

EVELINA.

A tant d'empressement souffrez que je m'oppose;
Et mon mal, après tout, dont je connais la cause,

Monsieur, n'est pas de ceux qu'un médecin guérit,
Et j'en sais le remède.

ALFRED.

En ce cas il suffit.
Mais, vraiment, savez-vous qu'à voir votre visage,
Personne ne cröira que du moindre ravage
Un mal que l'on disait bien grand et bien cruel
Eût altéré vos jours?

EVELINA.

Pourtant il est mortel.

ALFRED.

'A parler vrai, vos yeux ont moins d'éclat, peut-être ;
Mais ils sont plus touchans : ils font vivre ou renaître,
Au gré de vos désirs, des sentimens nouveaux,
Et l'on en chercherait vainement de plus beaux.

EVELINA.

Vous trouvez !...

ALFRED.

Oui, madame, au pouvoir de vos charmes,
Chacun serait forcé de rendre ici les armes.
    (*A part.*)
Florville tarde bien à paraître en ces lieux.
    (*Haut.*)
Trop fier de posséder un bien si précieux,
Remerciant le ciel du bonheur que je goûte....

EVELINA.

Comment ! monsieur s'oublie ; il se trompe, sans doute.

ALFRED.

On vous trouve charmante, et j'en suis peu surpris....
Surtout, votre parure est d'un goût tout exquis.

EVELINA.

Eh quoi ! vous m'avez vue....

ALFRED.

Ah ! la chose plaisante !
Si l'on nous écoutait.... l'aventure est piquante ;
On nous croirait amans.

EVELINA.

Certes, il n'en est rien.

ALFRED (*à part.*)

Je ne la croyais pas, dans le fait, aussi bien.
(*Haut.*)
Madame, l'on pourrait étendre ce chapitre ;
Mais je suis votre époux.... vous sentez qu'à ce titre
Je borne tous mes vœux.... A propos, pour ce soir
Ne comptez pas sur moi : je suis au désespoir....
Toujours contre mon gré je dépense ma vie,
Mais je suis engagé dans certaine partie....
Un dîner de garçon.... J'ai contre ce projet
Vainement combattu.

EVELINA.

J'aurais, moi, le sujet
D'être piquée au vif; pourtant je vous pardonne.
A rester près de moi je ne contrains personne;
Aussi bien j'ai conçu quelques nouveaux projets....

Je veux renaître au monde où j'obtins des succès,
Avant que de ma vie à la vôtre enchaînée,
Je fisse un don flatteur à votre âme entraînée.

ALFRED.

Eh ! mais, vos deux enfans ?

EVELINA.

L'étrange question !
Je mets l'un au collége, et l'autre en pension.

ALFRED.

Ils sont jeunes encor !

EVELINA.

Je ne puis plus attendre.
Mon ami, vos discours ont droit de me surprendre.
Il est temps, ce me semble, en l'âge des désirs,
De voler sur vos pas de plaisirs en plaisirs.
Jusqu'à présent, Alfred, j'avais cru que la vie,
Par un mélange heureux, pouvait être remplie ;
Que l'amitié, l'amour, savaient dans le besoin
Remplacer ces plaisirs que l'on recherche au loin ;
Mais je me suis trompée, et veux par pénitence
M'amuser au-delà de tout ce que l'on pense ;
J'établis ma maison sur un mode nouveau :
J'ose compter sur vous pour un meuble plus beau,
Car le mien a six ans.

ALFRED (à part.)

Ce moment est critique.

EVELINA.

Je veux que mon salon n'ait plus cet air gothique.
Comme il me reste encor beaucoup à demander,
Dès demain je voudrais avec vous m'accorder
Sur différens objets....

ALFRED.

Dans cet instant, ma chère,
Je voudrais n'avoir pas de dépenses à faire ·
Ce maudit écarté.... Vraiment, depuis un mois
Personne ne m'a vu passer plus de trois fois.

EVELINA.

Le destin vous en veut. Il sera favorable
Peut-être un autre jour.

ALFRED.

Cela n'est pas probable ;
Rien ne me réussit.

EVELINA.

Pardon, de vous presser :
Je voudrais, soyez sûr, pouvoir vous dispenser,
Dans ces jours d'embarras, de certaine dépense
Dont vous avez souvent flatté mon espérance,
Et qui devient enfin d'une nécessité
Absolue.

ALFRED.

Eh ! madame....

EVELINA.

Avec sincérité

Je dois vous avouer que des esprits caustiques
Vous prennent tous les jours pour but de leurs critiques.
Selon certaines gens à qui rien n'est voilé,
Mon écrin a besoin d'être renouvelé ;
Ma parure est trop simple ; en vain je vous excuse :
On me plaint en secret tandis qu'on vous accuse ;
Je souffre en apprenant de semblables discours.
J'ai vu des diamans.

ALFRED.

Vous demandez toujours.

EVELINA.

C'est pour vous....

ALFRED.

Grand merci !

EVELINA.

D'un œil d'indifférence
Vous savez que je vois ces marques d'opulence :
Avez-vous oublié ces momens si parfaits
Où, promenant sur moi vos regards satisfaits,
Nous jurâmes ensemble une ardeur éternelle ?

ALFRED.

Je crois me rappeler....

EVELINA.

Votre flamme nouvelle
Exigea de la mienne un gage de sa foi ;
Et j'acceptai de vous, vous reçûtes de moi

Un anneau....

ALFRED.

Don flatteur qui me combla de joie.
(*A part.*)
Où veut-elle... en venir ?

EVELINA.

Ce détour que j'emploie
Doit vous prouver assez que je tins mon serment :
Ma bague fut pour vous un frivole ornement ;
Vous ne la portez plus.

ALFRED.

Mais je la crois perdue :
Je vous l'ai même dit.... (*A part.*) La maudite entrevue !

EVELINA.

La mémoire....

ALFRED.

Déjà deux mois sont écoulés.
Elle était à mes yeux d'un prix inestimable ;
Je veux la remplacer. Ah ! d'un trait admirable
Il faut que je vous parle. A notre dernier rout,
Chez madame Dorlis, je joue et je perds tout.
Je veux risquer encor sur ma simple parole
Quatre à cinq mille écus, je perds ; je me désole.
En secret, retiré dans le fond du salon,
Je songeais à quitter l'infernal tourbillon ;
Maudissant la fortune, accusant ses caprices,
Je calculais tout bas par quels prompts sacrifices

Je pourrais réparer un tel événement.
Florville, qui gagnait, accourt en ce moment ;
Il me laisse , dit-il , le temps que je veux prendre
Pour acquitter ma dette ; ainsi l'amitié tendre
Est venue à propos me tirer d'embarras.
Eh bien ! qu'en dites-vous ? vous ne répondez pas....

EVELINA.

Pour Florville, ce trait réveille mon estime ;
Il est d'un honnête homme.

ALFRED.

Eh ! mais il est sublime.

EVELINA.

Une telle amitié doit faire des jaloux.

ALFRED.

Aimez-le donc aussi, car s'il parle de vous ,
De vous à qui l'on voit qu'il n'a jamais su plaire ,
Il vante vos talens, votre heureux caractère.
Avant-hier, encor , Florville me disait,
Dans un de ces momens où son cœur s'épanchait :
Qu'une femme sur lui prendrait trop d'avantage ,
Si de vos qualités l'étonnant assemblage
Pouvait se retrouver dans toute autre que vous....
Et tout cela s'est dit seulement entre nous.
Il ne pouvait penser que de sa confidence
Vous auriez pu jamais acquérir connaissance ;
Vous en êtes flattée ; et, comme je le vois,
Vous pourrez le traiter moins mal une autre fois ;
C'est moi qui vous en prie.

EVELINA.

A pareille supplique
Je demeure étonnée ; et, pour toute réplique,
Je ne trouve qu'un mot : je vous obéirai ;
C'est vous qui le voulez.

ALFRED.

Enfin donc j'obtiendrai,
Madame, une faveur qui m'est doublement chère ,
Puisque le seul ami que je trouve sincère
Va devenir le vôtre , et qu'un heureux hasard
Vous force à vous montrer plus juste à son égard.
Mais , on entre, je crois.... Ah ! le voici lui-même.
Arrivez, mon ami.

SCÈNE SEPTIÈME.

EVELINA, ALFRED, FLORVILLE.

FLORVILLE.

Mon bonheur est extrême ,
Madame ; à dire vrai, je n'osais espérer
Que je pourrais enfin ici vous rencontrer.
Les femmes rarement souffrent qu'on se présente....

EVELINA.

Oui, si matin.

FLORVILLE.

Pourtant une femme charmante
L'est cent fois plus encor lorsqu'en son négligé
Elle veut bien paraître à notre œil engagé,
Brillante des couleurs que prête la nature

Comme elle si naïve, et si simple, et si pure.
Avouez-le : en cachant de semblables attraits,
Vous ne pouvez agir selon vos intérêts.

EVELINA.

Mais, point du tout, monsieur, c'est que l'on vous ménage ;
Qu'on ne veut pas user de tout son avantage ;
Qu'on a pitié de vous.

ALFRED.

Faites assaut d'esprit
Autant qu'il vous plaira ; mais l'heure me prescrit
De partir à l'instant : il est très-nécessaire
D'arriver à propos.

EVELINA.

C'est quelque grande affaire
Sans doute ?

ALFRED.

Oui, vraiment ; il s'agit d'un cheval
Que d'Héricourt essaie : on dit que l'animal
Lui coûta fort cher.

AVELINA.

Une telle entremise
Vous fait beaucoup d'honneur ; mais je reste surprise
De voir Florville ainsi perdre tous ses instans,
Lui dont chacun connaît et vante les talens.
La finesse, l'esprit, même les connaissances,
Ah ! d'un sage avez-vous les seules apparences ?
Qu'en dois-je croire enfin ?

FLORVILLE.

Je ne suis point trompeur,

Mais je porte à l'excès le goût observateur.
Empruntant son manteau, son masque à la folie,
Je marche accompagné de la philosophie.

ALFRED.

Et, comme vous voyez, je le suis pas à pas.

EVELINA.

Je conçois que pour vous le monde ait des appas.
Dans nos cercles brillans, jeune comme vous êtes,
Combien vous avez dû rencontrer de coquettes !

FLORVILLE.

Oui, j'obtins quelquefois des regards bienveillans.

EVELINA.

On trouve des maris si bons, si confians,
Qu'il est peu de moyens de se garder du piége.

FLORVILLE.

J'apprends le cœur humain, et c'est un privilége,
Madame, qu'on ne peut jamais assez payer :
Loin de perdre le temps, je le sais employer.
De nos originaux, critiquant les manières,
J'exerce mon esprit sur diverses matières,
Et des gens du grand monde étudiant les airs,
Confondu dans leurs rangs, j'observe leurs travers.
Le matin, à Boulogne, on nous verra paraître
Dans un wiski galant où l'on cherche le maître ;
Car, messieurs nos valets, assis à nos côtés,
Bâillent effrontément dans le char emportés :
Puis l'on revient couvert d'une noble poussière ;
Mais c'est pour se montrer dans une autre carrière.

On se lasse après tout du rôle de cocher :
Il est d'autres plaisirs qu'on nous voit rechercher.
Nous, les gens comme il faut, à l'heure où l'on répète,
L'on entre à l'Opéra, l'on en sort, l'on s'apprête
A voiturer ailleurs son inutilité.
Fervens adorateurs de la frivolité,
A fatiguer le temps la constance s'irrite,
Et l'heure du dîner arrive encor trop vite.
On regagne l'hôtel : autres lieux, autres mœurs ;
La femme, les enfans, pour uniques faveurs
Deviennent les jouets de nos tristes caprices ;
Des plaintes, des regrets, voilà quels bénéfices
Récompensent l'amour, les soins et les égards.
Je signale d'un trait de plus graves écarts.
Pour distraire l'ennui, le soir on se ruine ;
Mais l'on s'est amusé, du moins je l'imagine.
Ce mot-là seul dit tout : il fait à tous la loi,
Et le public trompé sourit de bonne foi ;
En passant près de nous il s'arrête et s'écrie :
Enfans de la fortune, oui, c'est vous que j'envie !
L'un qui se croit plus sage ajoute aussi tout bas :
Que, si cette fortune arrivait dans ses bras,
Il saurait de ses biens faire un plus digne usage.
Notre aveugle déesse accepte son hommage :
Elle accourt, et déjà voit notre homme changé ;
Il ressemble aux premiers.

EVELINA.

Le trait m'a l'air chargé.

(*A Alfred.*)
L'est-il, monsieur, l'est-il? à vous je m'en rapporte.

(*A Florville.*)
Je vous fais compliment.

ALFRED.

De parler de la sorte
L'on a bien quelques droits, il faut en convenir,
Et c'est assez cela.

SCÈNE HUITIÈME.

LES PRÉCÉDENS, ROSINE.

ROSINE.

J'accours vous prévenir
Que les chevaux sont mis, que la voiture est prête.

ALFRED.

Nous partons. (*Il sort*).

FLORVILLE.

Près de vous jamais on ne s'arrête,
Madame, qu'on n'éprouve en de si doux instans
Le désir dangereux d'y rester plus long-temps.
Je crois plus que jamais qu'il faut qu'on vous évite,
Ou que je m'abandonne au charme qui m'invite
A vous voir plus souvent.

EVELINA.

En parlant sur ce ton
Vous voulez plaisanter.

3

FLORVILLE.

Je parle tout de bon.
(*Il sort*).

SCÈNE NEUVIÈME.

EVELINA, ROSINE.

ROSINE.

De tous ses sentimens vous voilà prévenue.

EVELINA.

Je demeure surprise.... et dans cette entrevue
Florville m'a parlé....

ROSINE.

   Son air doux et trompeur
Aurait-il donc séduit vos yeux et votre cœur?
N'envisage-t-il pas de loin votre conquête?
Vous savez que déjà je me suis mis en tête
Qu'il vous aimait.

EVELINA.

   Rosine, à ne te rien celer
Aujourd'hui comme toi j'ai cru le démêler.

ROSINE.

Il sait que notre sexe aime fort la vengeance;
Mais, sur le plus grand point, il est dans l'ignorance;
C'est que nous ne goûtons un plaisir si parfait
Que dans le cas vraiment où le vengeur nous plaît.

EVELINA.

J'ai tort de m'arrêter à cette fausse idée,
Car, en y songeant bien, elle n'est pas fondée.
Florville aura pensé qu'il était de rigueur,
De m'adresser un mot qu'il croyait bien flatteur.
Il traite également toute femme jolie,
Peut-être...

ROSINE.

Moi j'en doute.

EVELINA.

Eh ! non, c'est sa manie
Et je croyais, alors qu'il n'était que galant,
Lui voir et le langage et les yeux d'un amant.
Ah ! femme que j'étais !

ROSINE.

Madame....

EVELINA.

Il faut te taire.
Moi, je sors; j'ai besoin, je crois, de me distraire.

SCÈNE DIXIÈME.

ROSINE (*seule.*)

Eh ! quoi donc? mon esprit était-il en défaut?
Comment n'ai-je pas vu son manége plus tôt?...
En effet, plus je rêve, et plus loin j'examine....
Il prétend.... c'est cela; maintenant je devine.

3.

Il peut de son amour, ma foi, porter le deuil;
A ses galans desseins je promets un écueil,
Et nous lui ferons voir quelles femmes nous sommes.
Grâce au ciel, nous savons comme on mène les hommes;
A nous tromper, dit-on, ils mettent leurs efforts.
Après cela comment éprouver des remords?

SCÈNE ONZIÈME.

FLORVILLE, ROSINE.

FLORVILLE.

Un instant avec moi demeure, je te prie.
Ta maîtresse en ces lieux....

ROSINE.

      Ah ! je sais votre envie;
Vous désirez, je vois, pouvoir l'entretenir
Un instant sans témoins; vous voulez obtenir
De lui faire en ce jour un aveu qui vous touche,
Un aveu que je vois errer sur votre bouche.
Vous m'allez raconter vos constantes ardeurs,
Vos craintes, vos tourmens et même vos vapeurs;
Car, Dieu merci, l'on sait qu'à présent tous les hommes
Sont femmes sur ce point autant que nous le sommes.
Vous m'allez dire encor que, si je veux aider
A vous faire écouter, je puis tout demander;
Et vous me séduirez par cent et cent promesses
Que vous ne tiendrez pas : ce sont-là vos prouesses.
Vous voyez, je sais tout; en discours superflus
Pourquoi donc perdre un temps qu'on ne retrouve plus?

Il est mal de duper les gens par trop crédules ;
Je vous préviens, monsieur, que j'ai de grands scrupules.
  (*Florville jette quelqu'argent dans son tablier, puis da-*
    vantage , puis la bourse entière.)
J'en ai moins.... beaucoup moins..... je n'en ai plus du tout.

FLORVILLE.

Malpeste ! il était temps ; je me trouvais au bout.
Au moins tu me promets....

ROSINE.

                    Parlez avec franchise,
Car je suis à l'abri contre toute surprise.

FLORVILLE.

Puisque tu le permets, je suivrai tes leçons.

ROSINE.

Profitez-en, monsieur....

FLORVILLE.

                    Or, sans plus de façons,
Je veux bien t'avouer qu'Evelina m'est chère.
Rosine, crois-tu... ?

ROSINE.

                    Non ; elle est vive, légère,
Tantôt mélancolique, ou rieuse à l'excès.
Auprès d'elle aujourd'hui rêvez-vous le succès,
Que demain vous trouvez un tout autre visage.
Puis elle aime monsieur ; et partant elle est sage.

FLORVILLE.

Ainsi tu penses donc que je perdrai mes pas ?

ROSINE.

Oui.

FLORVILLE.

C'est là ton avis !...

ROSINE.

Je ne vous trompe pas.
J'ai reçu votre argent, je dois en conscience....
Vous éclairer.

FLORVILLE.

Pourtant, j'ai dans sa confiance
Déjà fait des progrès; et je puis me flatter
Entre nous, que bien peu pourraient me contester
Un ascendant secret que j'ai pris sur son âme.
Elle a de ses regards encouragé ma flamme,
Et le bruit se répand qu'elle me voit d'un œil....

ROSINE.

Ah ! que les hommes ont un ridicule orgueil !
Si l'on jette sur eux un coup-d'œil par mégarde,
Ils racontent partout que, puisqu'on les regarde
On les aime. Vraiment ; mais ne dirait-on pas
Qu'on n'a point autre chose à penser ici-bas ?
S'il nous fallait aimer tous ceux qu'on examine,
On aurait fort à faire, à ce que j'imagine.
Eh ! voyez donc quel cœur il nous faudrait avoir !
Un cœur qui brûlerait du matin jusqu'au soir.
Une femme bientôt se verrait consumée,
Et notre âme un beau jour s'en irait en fumée.

FLORVILLE.

Rosine, tu te plais à me désespérer.

ROSINE.

Vous me connaissez mal; je veux vous préparer.

FLORVILLE.

Je voudrais réussir, Rosine, pour confondre....

ROSINE.

De moi seule*, monsieur , j'oserais vous répondre,
Et tout au plus encor ; apportez-y du soin ,
Peut-être pourrez-vous aller un peu plus loin ;
Vous n'avez rien perdu : vous gardez l'espérance :
Pour moi, je sais fort bien...; je me tais par prudence ;
Mais certes celui-là ne l'aurait pas volé.

FLORVILLE.

Que tu me connais mal ! Je serais désolé !....
Moi, trahir à ce point !.... moi, faire un tel outrage !...
Non; de l'amitié tendre essayant le langage,
Je voudrais qu'en ce jour ses esprits rassurés
Pussent voir la vertu dans mes feux épurés.
Voilà mes sentimens et le but où j'aspire.

ROSINE.

A d'autres !.... nous avons encore appris à lire
Ailleurs que dans un livre.... On connaît plus d'un tour ;
On sait qu'il est aussi des tartufes d'amour.
Qu'en dites-vous, monsieur ? j'y vois trop clair, peut-être.
Pour causer avec vous., madame va paraître.

(Elle sort.)

SCÈNE DOUZIÈME,

EVELINA, FLORVILLE.

EVELINA.

Je reviens sur mes pas, et ne veux plus sortir ;
J'ai besoin d'être seule et de me garantir
Du chagrin qui m'accable et qui, je crois, redouble.
Je cherche et fuis le monde, il augmente mon trouble ;
 (*Apercevant Florville.*)
Quoi ! vous ici, monsieur ?

FLORVILLE.

    Me pardonnerez-vous ?
A ses bruyans plaisirs, j'ai laissé votre époux
Pour venir en ces lieux chercher votre présence.

EVELINA (*avec finesse.*)

Et pour me consoler des torts de son absence,
Florville, mes beaux jours se sont évanouis.

FLORVILLE.

Ils pourront revenir.

EVELINA.

    Mais les jeux et les ris
S'effacent dans mon cœur comme sur mon visage.
Je suis triste, rêveuse ; et voilà l'apanage
Que traîneut après eux le malheur et les ans.

FLORVILLE (*d'un ton complimenteur.*)

Vous êtes à l'abri des outrages du temps :

Il vous fuit, ou plutôt de son aile légère
On dirait que l'amour, à qui vous êtes chère,
Efface en se jouant la trace de ses pas.

EVELINA.

Quelle part puis-je prendre à ces flatteurs débats ?
Trop long-temps je goûtai la coupe d'amertume,
Pour ignorer encor que le chagrin consume.
Je suis lasse de tout : le vide de mon cœur
M'inquiète et m'afflige.

FLORVILLE.

Ah ! qu'il serait flatteur

De mériter assez le don de votre estime,
Pour que vous pussiez voir au zèle qui m'anime
Un véritable ami, qui veut l'être toujours,
Qui vous comprend, vous plaint, vous offre ses secours ;
Qui conçoit les chagrins de votre âme alarmée,
Et qui sait qu'une femme a besoin d'être aimée !
Quand elle a, comme vous, toutes les qualités :
Qu'on lui voit réunir mille et mille beautés.
Que je sois cet ami : croyez qu'avec ce titre,
De vos nouveaux destins m'offrant comme l'arbitre,
Je saurai faire tout pour vous rendre au bonheur.
Parlez, madame un mot; peut suffire à mon cœur.

EVELINA (gaîment.)

C'est me livrer sans doute à d'injustes alarmes ;
Mais je crains l'amitié, je redoute ses charmes;
Elle peut s'égarer, et certain sentiment,
Que je ne nomme point, se glisser doucement,
S'accroître, se montrer et se mettre à sa place.

Si j'allais vous aimer , que par même disgrace
Vous m'aimassiez aussi.

FLORVILLE (*transporté.*)

De quel charmant espoir ?...

EVELINA.

Quoi ! déjà la raison a perdu son pouvoir !
A ce doux nom d'ami renoncez-vous si vite ?

FLORVILLE.

Oui, pour un nom plus doux....

EVELINA.

Si j'eusse été séduite
Par ce plan enchanteur qu'il fallait adopter,
Qu'allions-nous devenir ?

FLORVILLE.

Cessez de plaisanter,
Madame , à vos genoux c'est l'amour qui m'amène ;
Pardonnez si je cède au transport qui m'entraîne ;
Mais la seule faveur dont je reste jaloux,
C'est d'y vivre, madame ; un tel sort est plus doux
Que tous ceux que l'on m'offre et que mon cœur dédaigne.
Vous m'avez entendu : faudra-t-il que je craigne
Le plus grand des malheurs qui me puisse arriver ?
Me repousserez-vous ?

EVELINA.

Vous me faite trembler.

FLORVILLE.

Vous aimer est mon sort.

EVELINA.

Me le dire est un crime.

FLORVILLE.

Ah ! vous pardonnerez au transport qui m'anime ;

EVELINA.

Je ne puis que vous plaindre en rejetant vos vœux.

FLORVILLE.

Je sens que je puis être encor moins malheureux.

EVELINA.

Florville, levez-vous : vous doublez mes alarmes.

FLORVILLE.

Laissez-moi cette main que je baigne de larmes ;
Elle presse la mienne, et m'apprend la pitié
Dont votre âme est saisie ; et que l'inimitié
Ne sera point le prix de mon ardeur constante.

EVELINA (*occupée de la bague qu'il porte à son doigt.*)

Eh ! mais.... (*A part.*) Dieu ! c'est ma bague !....

FLORVILLE (*à part.*)

     Elle est pâle et tremblante.

EVELINA (*occupée de la bague.*)

Me serais-je trompée ?

FLORVILLE.

     Ah ! que redoutez-vous ?
D'où naît cette terreur ? je suis à vos genoux.
Mais je vois dans vos yeux que mon amour vous touche.
Laissez-moi cette main, de grâce, et que ma bouche
Y dépose un baiser.

EVELINA (*à part, et encore occupée de la bague.*)

N'est-ce point une erreur?...

FLORVILLE (*à part.*)

Le trouble de l'amour succède à la frayeur;
J'arrache son aveu.

EVELINA (*toujours occupée de la bague.*)

Je voudrais être sûre....

FLORVILLE.

Vous pouvez soupçonner une flamme aussi pure!
Vous douteriez de moi!... Vous faut-il des sermens?
Faut-il renouveler l'aveu des sentimens
Que j'ai long-temps nourris, que vous avez fait naître?
Ah ! que ne voulez-vous apprendre à me connaître !
Vous seriez convaincue en cette occasion
De ma sincère ardeur.... de ma discrétion.

EVELINA.

Une bague à l'instant vient de frapper ma vue....
Ma demande est sans doute indiscrète, imprévue....
Mais souffrez.....

FLORVILLE.

Ce doit être un gage de ma foi,
Madame, elle vous plaît; elle n'est plus à moi;
Daignez la recevoir.... (*A part.*) Jour propice à mon âme,
Eclaire mon triomphe et couronne ma flamme!

EVELINA.

Cette bague chez moi réveille un souvenir....

Hélas ! elle devait toujours m'appartenir....
Ciel ! pousser aussi loin le mépris et l'outrage !

FLORVILLE.

Madame, expliquez-moi cet étrange langage.
La bague....

EVELINA.

En l'acceptant je recouvre mon bien ;
Elle m'appartenait.

FLORVILLE.

Madame, il n'en est rien :
Sachez (mais il ne faut compromettre personne)
Qu'elle me vient.

EVELINA.

De qui ?

FLORVILLE.

De certaine baronne.

EVELINA.

Précisément.... le fait est des plus naturels,
Et mes tristes soupçons n'étaient que trop réels.
Mon mari m'a trompée, et je dois vous apprendre
Quelques secrets détails que vous semblez attendre.
De moi, monsieur d'Orfeuil, peut-être trop épris,
M'épousa jeune encor : lui seul sait de quel prix
Je payai son amour, sa fugitive ivresse.
Non, je ne lui veux pas reprocher ma tendresse ;
Mais il fut trop heureux pour ne pas être ingrat.
Il dédaigna bientôt un cœur trop délicat :

Courut porter ailleurs ses vœux et son servage,
Et vous n'ignorez pas qui reçut son hommage.
Il est certains amours qu'il faut utiliser :
Un amant tel que lui ne sait rien refuser.
D'un diamant sans doute il devait faire emplette :
Il donna celui-ci pour acquitter sa dette.
Eh bien ! un pareil trait, certes, est fort galant :
La baronne avec vous liée intimement....
Vous l'avez reçu d'elle. Or c'est assez, je pense,
Et de vous raconter par quelle circonstance
Ce gage précieux se retrouve en mes mains :
Vous me dispenserez....

FLORVILLE.

De pareils entretiens
Ne peuvent remplacer un aveu que j'implore.
Cet instant de bonheur l'éloignez-vous encore ?
Le plus bel avenir, ou le plus douloureux,
Voilà quel est mon sort ; rendez mes jours heureux :
Avec vous je renais, sans vous je ne puis vivre.

EVELINA.

Qui, moi, qu'à vos conseils ma faiblesse me livre !...
Ah ! Florville, écoutez : vos yeux ne voyaient pas...
Le honteux précipice où vous guidiez mes pas....

FLORVILLE.

Ah ! madame, songez que l'amour fait mon crime ;
Que de vous en ce jour je deviens la victime.
Grâce ! grâce !

EVELINA.

Mon cœur en sa simplicité,
Ecoutant sans objet une folle gaîté,
Eût gémi de s'armer d'une rigueur sévère ;
Mais quand de votre amour la loi m'eût été chère,
Son pouvoir dans ce cœur en secret combattu
L'aurait cédé toujours à la seule vertu.
Croyez-le bien, croyez que mon âme outragée
Se révolte en secret d'être aussi mal jugée ;
Croyez....

FLORVILLE.

Moi je crois tout : mon sort est décidé ;
Du plus bel avenir je suis dépossédé.
Je vais, plein du regret d'une perte aussi grande....

EVELINA (*lui montrant la bague.*)

Un mot. Si la baronne ou s'informe ou demande
Ce qu'un gage si cher peut être devenu,
Dites qu'il m'appartint et qu'il m'est revenu ;
Qu'après tout je ne suis qu'une femme à scrupule :
De grâce, dites-lui que je fus ridicule,
Et même prude assez pour ne pas l'acheter,
Et le reprendre au prix qu'il a dû lui coûter.

FLORVILLE.

Aux femmes d'à présent je n'ai plus confiance.

EVELINA.

Monsieur, pardonnez-moi mon inexpérience.

SCÈNE TREIZIÈME.

EVELINA, FLORVILLE, ALFRED.

ALFRED.

Eh quoi! Florville ici! pour un motif puissant
Vous me quittez et même avec empressement;
Quelle chose nouvelle entre vous survenue
Vous rappelle en ces lieux? vous paraissez émue,
Madame....

EVELINA.

Moi, je ris.

FLORVILLE,

Si vous étiez discret
Peut-être on vous pourrait mettre dans le secret.
Mais devant vous, mon cher, je conseille à madame
De le tenir caché dans le fond de son âme.

ALFRED.

Eh! pour agir ainsi quelle est donc la raison
Que je ne sache point dans ma propre maison
Ce qu'on dit, ce qu'on fait?

FLORVILLE.

Dans ce cas-là, je jure
Que vous n'êtes pas seul....

EVELINA.

De toute l'aventure

Moi-même, en peu de mots, je veux vous faire part.
Vous rirez, comme moi, du singulier hasard
Dont on tire parfois de très-grands avantages :
Je tairai seulement les noms des personnages,
Ils sont de nos amis; je dois par intérêt
Les ménager.

FLORVILLE (bas.)

Madame !... ah ! d'un si méchant trait
Faut-il donc se résoudre à vous croire capable !

EVELINA (bas.)

C'est punir faiblement un ami trop coupable,
Et surtout un mari qui l'est bien plus encor.

FLORVILLE.

Madame, je vous quitte, et laisse un libre essor....

EVELINA.

Non, Florville, restez , restez ; si la mémoire
Venait à me manquer, des détails de l'histoire
Vous pourrez vous charger.

ALFRED.

Evelina, parlez :
De vos secrets débats vraiment vous me troublez;
A faire attendre ainsi l'on trouve des mécomptes ;
Et l'on a remarqué que la plupart des contes
Qu'on disait si plaisans, souvent ne l'étaient pas.

EVELINA.

Le trait à raconter a pour moi trop d'appas

4

Pour ne pas céder vite à votre impatience.
Prêtez-moi tous les deux un instant de silence.
Une femme encor jeune a dans son jeune époux
Un époux infidèle ; et la chose, entre nous,
Aux regards du public est si peu déguisée,
Qu'elle arrive bientôt à la dame offensée.
Le plus intime ami de ce mari trompeur
Des torts de son ami veut être le vengeur.
Il tente cent moyens de séduire ou de plaire.
Auprès de cette femme il se rend nécessaire :
Au nom de l'amitié qu'il craint peu de trahir,
Pour parler comme vous il cherche à l'obtenir.

ALFRED (*riant aux éclats.*)

Je vois tout : il n'est pas de manœuvre secrète
Que n'ait mis en usage une flamme indiscrète....
Il voudrait partager par un heureux retour
Les faveurs qu'on réserve au légitime amour ;
N'est-ce pas vrai? Bon Dieu, la plaisante aventure !
Tout Paris la saura dès demain, je vous jure.

EVELINA.

Ainsi, monsieur, je vois, approuve l'action... ?

FLORVILLE.

Mais on peut l'écouter sans indignation.
Qu'a-t-il fait, après tout, qui soit si condamnable?
Il voit que l'on délaisse une femme adorable ;
Son cœur est disposé pour elle à s'enflammer ;
Il aime cette femme ; est-ce un crime d'aimer ?
Qu'en pensez-vous ?

ALFRED.

A moi votre discours s'adresse !

FLORVILLE.

Oui ; soyez votre juge.

ALFRED.

Ah !

FLORVILLE.

Parlez.

EVELINA.

Je m'empresse
D'interrompre monsieur et de le récuser.

FLORVILLE.

A donner son avis peut-il se refuser ?

ALFRED.

Le point est délicat et veut qu'on l'examine
Avec attention.... Vous sentez....

FLORVILLE.

Je devine.
Qu'il est embarrassant pour vous de prononcer :
Je vous quitte tous deux.

ALFRED (*fait mine d'insister pour qu'il reste.*)

Non, je vais vous laisser.
De la fin des débats j'apprendrai quelque chose ;
Songez qu'entre vos mains je remets notre cause,
Celle du sexe entier. Je crains d'importuner,
Je me retire, et vois que je dois vous gêner.

(Bas à Evelina.)

Il saura comme moi que vos leçons sont bonnes.

(Il sort.)

ALFRED.

Quoi donc ! vous nous quittez sans nommer les personnes?
Je voudrais bien savoir quel fut le dénouement
Avant de prononcer un dernier jugement.

SCÈNE QUATORZIÈME ET DERNIÈRE.

ALFRED, EVELINA.

ALFRED.

Voyons ce trait piquant; voyons, cela m'amuse :
Oh ! j'aperçois d'ici ce mari qu'on abuse.

EVELINA.

Ce mari trouvera le fait plus sérieux
Que vous n'imaginez.

ALFRED.

        Il fera beaucoup mieux ;

Il se taira.

EVELINA.

    Fort bien. Sans être interrompue
Je reprends mon histoire et je la continue.
Je disais que l'ami fit tout pour réussir.
Qui sait ? peut-être aussi pensait-il l'éblouir,
Quand aux yeux de la dame, et comme par mégarde,
Il offre un diamant de prix.

ALFRED.

        On le regarde ?

EVELINA.

On voudrait de plus près l'examiner, le voir;
A l'amant enhardi, qui triomphe en espoir,
On le demande enfin.

ALFRED.

Pour agir de la sorte....

EVELINA.

Vous pensez qu'il fallait une raison bien forte.
Cette bague en effet avait été son bien.
Ne la regardant plus, hélas! comme le sien,
Notre infidèle époux, moins délicat que tendre,
A l'objet de ses soins, un jour, l'avait fait prendre ;
Et l'ami la reçut, conquérant trop heureux,
De celle qui, je crois, les trompait tous les deux.
J'ai dit. Or, maintenant vous pouvez rire à l'aise....
Eh bien ! qui vous empêche?

ALFRED.

　　　　　　Eh ! mais, ne vous déplaise,
Je trouve que l'ami.... vous n'êtes pas au bout ;
Je crains fort.... Achevez, vous n'avez pas dit tout.
De ces originaux quel est donc l'assemblage?
Ne pourrai-je connaître au moins un personnage ?
Le nom de ce mari ?....

EVELINA (*lui présentant la bague.*)

　　　　　　Dois-je vous les nommer ?

ALFRED.

Je suis trahi, perdu.

EVELINA.

Qui peut vous alarmer ?

Doutez-vous de mon cœur ?

ALFRED.

Ma conduite est connue ;
A jamais contre moi vous êtes prévenue....
Pour Florville , je veux...

EVELINA.

Alfred, pardonnez-lui.
Mais ne le gardez pas plus long-temps pour ami :
Croyez-moi, n'acceptez aucun de ses services ;
Pour cela , s'il le faut, faites des sacrifices.
Peut-être devrait-on y joindre la valeur
De l'heureux talisman qui me rend votre cœur.
Mon ami , sachez faire un effort sur vous-même ;
Revenez au bonheur.

ALFRED.

Ah ! ma honte est extrême ;
Je ne puis que rougir, et suis moins mal traité.

EVELINA.

Que vous ne méritez.

ALFRED.

Oui , de votre bonté
Je reconnais en tout la preuve ineffaçable.

EVELINA.

M'aimerez-vous encor ! je suis si raisonnable !....
Alfred , auprès de vous c'était peut-être un tort.

ALFRED.

Achevez la vengeance en m'apprenant mon sort.
Je vous dois un aveu des fautes que j'ai faites ;
J'expierai mon offense...

EVELINA.

Insensé que vous êtes !
Ah ! laissez-moi douter en cet heureux moment
Jusques à quel degré vous fûtes inconstant.

ALFRED.

Ah ! rendez-moi l'espoir qui me séduit encore,
Ce doux espoir d'entendre un pardon que j'implore,
Que je veux mériter...

EVELINA.

Qu'il ne soit question
Entre nous, mon ami, d'offense, de pardon.
Ces deux mots sont de trop ; laissons-les , je vous prie :
C'est sans les prononcer qu'on se réconcilie.

FIN.

9 782019 245368